当当网终身五星级童书

★ ★ ★ ★ ★

我能打败怪兽

[法] 克利斯提昂·约里波瓦 / 文　　[法] 克利斯提昂·艾利施 / 图

郑迪蔚 / 译

二十一世纪出版社
21st Century Publishing House
全国百佳出版社

克利斯提昂·约里波瓦(Christian Jolibois)今年有352岁啦，他的妈妈是爱尔兰仙女，这可是个秘密哦。他可以不知疲倦地编出一串接一串异想天开的故事来。为了专心致志地写故事，他暂时把自己的"泰诺号"三桅船停靠在了勃艮第的一个小村庄旁边。并且，他还常常和猪、大树、玫瑰花和鸡在一块儿聊天。

克利斯提昂·艾利施(Christian Heinrich)像一只勤奋的小鸟，是个喜欢到处涂涂抹抹的水彩画家。他有一大把看起来很酷的秃头画笔，还带着自己小小的素描本去过许多没人知道的地方。他如今在斯特拉斯堡工作，整天幻想着去海边和鸬鹚聊天。

获奖记录：
2001年法国瑟堡青少年图书大奖
2003年法国高柯儿童文学大奖
2003年法国乡村儿童文学大奖
2006年法国阿弗尔儿童文学评审团奖

版权合同登记号 14-2006-023
Chinese simplified translation rights arranged with Univers Poche through Middle Kingdom Media.
本书中文版权通过法国文化出版传媒有限公司帮助获得。

图书在版编目(CIP)数据

我能打败怪兽/(法)约里波瓦著；
(法)艾利施绘；郑迪蔚译.
–南昌：二十一世纪出版社，2006.8(2012.11重印)
(不一样的卡梅拉)
ISBN 978-7-5391-3514-4

Ⅰ.我... Ⅱ.①约...②艾...③郑...
Ⅲ.图画故事–法国–现代 Ⅳ.I565.85

中国版本图书馆 CIP 数据核字(2006)第 100213 号

我能打败怪兽

作　者	（法）克利斯提昂·约里波瓦 / 文
	（法）克利斯提昂·艾利施 / 图
译　者	郑迪蔚
责任编辑	熊　炽　张海虹
出版发行	二十一世纪出版社
	www.21cccc.com　cc21@163.net
出版人	张秋林
印　刷	北京尚唐印刷包装有限公司
版　次	2006年9月第1版　2012年11月第39次印刷
开　本	600mm×940mm 1/32
印　张	1.5
书　号	ISBN 978-7-5391-3514-4
定　价	6.80 元

本社地址：江西省南昌市子安路 75 号　330009　（如发现印装质量问题，请寄本社图书发行公司调换　0791-6524997）

献给尼古拉·梅尼孟登小学的那位小仙女。

——克利斯提昂·约里波瓦

献给胆大包天的费哥特小仙女——萨福雅。

——克利斯提昂·艾利施

饥荒！鸡舍里正在闹饥荒！

爸爸妈妈们全体出动，去田里寻找食物，孩子们就由鸬鹚佩罗来照顾。

在等着父母回来的时候，小鸡们忍着饥饿，准备平分唯一一颗已经发霉的燕麦种子。

“开始吧！”

大伙儿一拥而上。

　　突然，一只小老鼠纵身一跳，一把抓住
了这粒珍贵的燕麦。

“该死的小偷！”

卡门和卡梅利多努力地想着办法，
如何找回那颗丢失的燕麦。
　　"天哪，我们都快饿死了！"
　　"哇——呜呜！"

　　绝望的情绪渐渐地传遍了整个鸡舍。
　　"伙伴们！我知道哪儿能找到麦子，跟
我来！"小胖墩喊道。

7

“我们干点什么呢？”小卡门嘟哝着，“是跟着伙伴们找食物，还是乖乖地在家里等爸爸妈妈回来？”

“哦，要下雨了。”贝里奥说，“你们听到隆隆的雷声了吗？”

“那是我肚子里发出的咕噜声！”卡梅利多哭丧着脸说。

“喂，你们快看！远处有一群鸡！啊！一定是爸爸妈妈回来了！”

可欢乐的心情没持续多久。

"我们的农场遭到了抢劫,所有的食物都被抢了……"老公鸡卡罗痛苦地说着,"房子也被烧了……太可怕了!我们只好出来逃荒……"

"你看见我爸爸妈妈了吗?"
"他们朝'雄鸡贼大胆'旅馆的方向去了。"
"唉……"

皮迪克、卡梅拉还有漂亮的姨妈卡丽,他们已经走了好几个小时,始终没找到一丁点儿食物!

　　沿途一片凄凉,到处都是光秃秃的。

　　"麦田被毁成这样,这儿到底出了什么事?"卡梅拉很不解。

"别说话! 赶快离开这里!"

　　"老蔫!你是老蔫?"皮迪克吃惊地叫着,"你怎么躲在这件破衣服里,我可怜的老家伙!"

"嘘！小点儿声！怪物就在附近……"

"你在说什么！怪——物?"皮迪克又吃了一惊。

"是一只大怪物把我们这儿抢了个光!"老蔫浑身颤抖着,"它四处抢夺鸡舍、田地和谷仓……"

你们赶快逃命吧！不然会把我们暴露给怪物的！快走……

得到老公鸡卡罗带来的坏消息，卡门和卡梅利多很担心，他们决定和好朋友贝里奥一起沿着卡罗所说的方向去寻找爸爸妈妈……

走了好久，他们终于找到了"雄鸡贼大胆"旅馆。

"爸爸！妈妈！姨妈！"
"你们在哪儿？"

当他们刚推开旅馆的大门，就从里面传来一个声音：

"快把门关上！"

"你好！贼大胆先生,你不是在和我们玩捉迷藏吧？"贝里奥问。

"这可不是开玩笑！是我亲眼看见的,那个来自地狱的鬼东西。它离我只有几步远……"

"贼大胆先生,你为什么要对我们编出这些无聊的故事呢？一点都不好玩！"

"呸！这是真事儿！你这个小黄毛丫头！"

"你们听着！只有公鸡的啼鸣才能打败这个怪物，它只要一听到'喔喔'的啼叫声，马上就会死掉！可惜，还没等这些公鸡发出'喔'的叫声就被怪物弄死了……唉，看来世界就要灭亡了！"

"那我们的爸爸妈妈呢？"卡梅利多担心起来。

"他们向城堡方向去了，怪物就躲藏在城堡里！可怜的孩子，你们很快就会知道什么是灾——难！"

以小胖墩为首去寻找食物的小分队，也正朝城堡方向走去。

他们不知道危险正在一步步逼近！

"好壮观哪！这是一个鸡舍！"

"只有这里才能找到麦子，快！跟上我！"

"我们从这条开满鲜花的小路上走过去吧！"

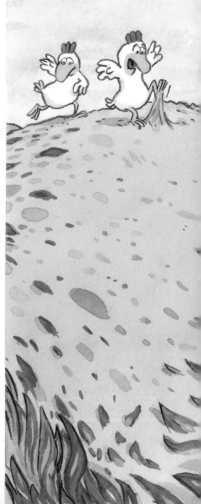

"奇怪！地面怎么又湿又粘……"

"这好像不是一条路！"
"不过……"

啊 啊 啊 啊 啊 啊 啊！！

过了一会儿,贝里奥、卡门和卡梅利多
来到了山脚下,仰望着这座怪物的城堡……

管它什么危险不危险，只要见到爸爸妈妈就什么都不怕。卡梅利多和卡门一溜烟似的向城堡跑过去。

"喂！等等我！"

"快来呀！我看见小胖墩了,他们在那儿等我们呢！"

"哇,是他！还有小六子和小刺头！"

真正的恐怖出现了！小胖墩、小六子和小刺头……
他们就像冰雕似的立在那里一动不动。

"说话呀！怎么不说话呀？平时你们有那么多说
不完的话呀。"

"他的鼻子怎么那么凉呀！不会死了吧？"

贝里奥趴在地上仔细观察着："喂，小胖墩的身
体像玻璃一样透明，这是怎么回事？"他轻轻敲了一
下小胖墩的肚子，竟然发出"咔咔、咔咔"的声音！

"他们也许太饿了,身体冻僵了。"

"不会的!"卡门叫道,**"他们都变成了……水晶!"**

"这是哪个魔鬼干的?"

"咣当、咣当!"突然他们背后传来一阵
金属碰撞的声音……

把你们的朋友变成水晶的怪物是一个**鸡头蛇怪**。它的法力能从眼睛里喷出毒液，只要和他四目相望，就会被变成石头……而我，因为有头盔保护，所以不怕他！

"真的有怪物吗？兰斯洛特骑士。"

鸡头蛇怪本来是一只公鸡下的蛋，后来却被一只癞蛤蟆孵化出来了……

"公鸡下蛋？我的肚子里连续几天都在咕噜咕噜地叫，难道我也要下蛋了?! 啊,妈呀!!"

"兰斯洛特骑士,你,你遇见过鸡头蛇怪吗?"

是的，有一次我在维塞莱大教堂的柱头上看到过，虽然仅是一个石雕，但已经够吓人的了!

"兰斯洛特骑士，你能救活我的伙伴们吗？"

放心吧，等我打败了鸡头蛇怪，他们就会
在眨眼间活过来。

爬上来，小家伙们！你们将会看到
圆桌骑士是怎么打败怪物的。

25

"想起来了！想起来了！"

卡梅利多突然喊道。

"我知道该怎么做了。我要回去拿一样东西，它肯定能帮我们打败怪物！"

"在吊桥等我！我马上回来……"

"一个东西？会是什么东西？"卡门很困惑。

"喂，卡门，什么是'吊桥'？"

那是一种能够上升或下降的活动桥，它架在牢固的城堡上，早在七世纪大家就开始使用这种桥了。

如果桥吊起来了，我们就让小绵羊去敲门……

“啊，姨妈！她……她也变成水晶了！”

"蛇怪！你竟然敢攻击我的姨妈！等着瞧，如果你敢动我爸爸妈妈的一根羽毛，我会把你剁成肉酱！"

"别去！卡门！不要冲动！"

"兰斯洛特骑士,卡门,你们应该等一等卡梅利多,他马上就会回来!"

爸爸！妈妈！

31

卡门冲进大厅……

眼前的一切使她的心脏差点停止了跳动，
她的爸爸妈妈也变成了冰雕！……

她的爸爸还没有来得及叫出"喔喔喔"，
就被蛇怪眼中喷出的毒液射中了……

"天哪！我一定要报仇！！"

贝里奥试图让卡门振作起来,但怎么才
能安慰她失去了亲人的悲痛?

突然,整个大厅被一片巨大的阴影笼罩了……
贝里奥一抬头,顿时感到毛骨悚然。

"刷!"圆桌骑士拔出了他锋利的剑。

一道炽热的白光,射穿了骑士的头盔,将他变成了冰雕,利剑也掉在了地上。

卡门拾起骑士的剑，大喊道："颤抖吧！丑八怪！我是卡门，卡梅拉和皮迪克的女儿！我要把你剁成肉酱……"

"刷！"一道白光，卡门也变成了冰雕……

贝里奥迎面碰上匆匆赶来的卡梅利多……

"卡梅……利多！完了！那、那……那个蛇怪，把你的爸爸妈妈、卡门还有骑士！都、都……"他拉起卡梅利多，"快跑，我们根本不是他的对手。"

"这个畜牲的末日到了！"

"天哪，你也气糊涂了，都不知道自己在说什么！"

"贝里奥，我可不糊涂。看这儿！有了它，我还怕什么。"

"我见过！这是外星鸡塞勒斯的眼镜！"

"哈哈哈！我等着你呢，蠢家伙！"

蛇怪向卡梅利多喷出一道凶猛的光，亮光把整个城堡都映红了……

怪物很吃惊,这家伙,居然还能挺得住!它紧接着射出一道又一道威力更强的火光,喷向卡梅利多。

"我一点都不痛! 再来!"

"现在该轮到我了,要我给你唱一首小曲吗?"
卡梅利多死死盯住蛇怪的眼睛。

喔喔喔喔喔喔喔喔喔

在"喔喔喔"的歌声中，怪物开始膨胀……越来越大……越来越大！就像一颗被放在火上烤的栗子一样。

随着这声巨响,冰雕鸡们都恢复了原来的样子……

只有骑士兰斯洛特的神情还有点恍惚:

我叫什么来着,哦……布兰斯洛特? 不对,是布兰斯……落下,呃……不难落下? 对对,是不难倒下·德拉克!

一家人高兴地相聚在一起了。

"爸爸！"

"妈妈！"

"姨妈！"

"我真高兴啊！"

"哈哈，哈哈哈！"

怪物彻底死了，只剩下几片羽毛，飘落在护城河上……

"我的哥哥真棒！"卡门对卡梅利多充满了敬佩。

城堡谷仓中的粮食，足够大家度过这次饥荒。
城堡里到处都是欢声笑语，大家开心极了。

鸬鹚佩罗架起炉子开始做饭,不久,香喷喷的饭菜就把馋嘴的小鸡们都吸引了过来……

"开饭喽！上大餐了,大伙儿快来吧!"

"好香呀！你给我们做什么好吃的了？"

蚯怪面条!!